모든 날에 모든 순간에 위로를 보낸다

일러두기

책 표지의 손글씨 글꼴은 네이버에서 제공한 나눔글꼴을 사용하였습니다.

모든 날에 모든 순간에 위로를 보낸다

글배우 지음

봄이 와서 내게 말했다
겨울은 이제 끝났다고
고생했다고
내 삶이 이제 봄임을 알려 줬다

모든 날에 모든 순간에 위로를 보낸다

눈을 비비며 아침을 맞고
피곤한 몸을 이끌고 하루를 시작하고
언제까지라는 기약 없는
힘든 일에 매달리고
쉴 새 없는 오후를 보내고 난 뒤

불안하고 전쟁 같았던 일이 끝나면
지친 몸으로 저녁을 먹고
그대로 쓰러져 아무것도 할 수 없다

나는 어떤 것을 좋아하는 사람인지
나는 어떻게 하고 싶은 건지
나는 어떤 사람인지
나도 나를 잘 모르겠을 때가 있다

쫓기듯 살아가고
감당할 수 없는데

감당해야 될 때가 있다

그 순간에

당신이 가장 괴로워하는 순간에
당신이 견디기 어려운 순간에
당신이 가장 버티기 외로운 순간에

모든 순간에
모든 날에 위로를 보낸다

용기를 보낸다
위로를 보낸다
안부를 보낸다
온기를 보낸다
사랑을 보낸다

당신이 그런 날에 쓰러지지 않도록
넘치는 힘듦이 당신을 뒤덮지 않도록
당신의 힘듦이 조금이라도 덜어지도록

간절히 마음을 담아

모든 날에 모든 순간에 위로를 보낸다.

1부   용기를 보낸다

1부   용기를 보낸다

쉬운 건 단 하나도 없었다

쉬운 건 단 하나도 없었다.

모든 것이 고민의 연속이었고
고민에 대한 결과는 만족스럽기 어려웠다.

무엇을 지켜야 하고
무엇을 잃어도 되는지 잘 몰라
고민하며 어떤 모습이 되어야 했다.

세상에 쉬운 건 하나도 없었다.
사실 자신도 없었다.

그럴 때가 있었다.

그럼 그럴 때마다
어린 시절 나를 떠올렸다.

어린 시절 나의 고민들은
지금 생각해도 아직 답을 모르겠는
어려운 것이 있었고
지금 생각해 보면
고민할 필요 없었던 것들도 참 많았다.

그래서 생각해 본다.

아무리 생각해도 알 수 없는 것도
할 수 없는 것도 있구나.
또 어떤 것은 알아내기도 하고
해내기도 하는구나.

고민의 끝에 해내고 해내지 못하고에
너무 큰 의미를 두지 말자.

어차피 쉬운 건 없으니까.

쉽지만은 않겠지만
나의 인생의 항해는 계속되어야 한다.
모든 고민의 답을 알 수 없을지라도
결국 나만의 행복을 찾아가는 것이
인생이기에.

다짐

저는 오늘 다짐했어요
지금 할 수 있는 일을 해보기로

더 이상 현실을 부정하고 탓하지만은
않을 거예요
생각해 보면 아직 할 수 있는 일과
해보지 않은 일이 많거든요

그리고 지켜볼 거예요
얼마나 멋지게 자라는지

제 자신에게도 희망을 심어 줄 거예요.

살다 보면

살다 보면 방황하는 순간들도 있었다

살다 보면 아무것도 아닌 일에
오랫동안 마음을 졸인 일도 많았다

살다 보면 사랑을 배우기도 하였다

살다 보면 사람이 그리울 때도
사람이 싫을 때도 있었다

살다 보면 눈물 나는 일도
울고 싶은 날도 있었다

살다 보면 불안한 만큼
행복한 순간도 있었다

앞으로 이런 날들이 반복되겠지
다 알 수 없는 다양한 날들

살아가는 건 기적 같은 일이다

새로운 날들이 만들어지고
새로운 순간이 만들어지고
나의 날들이
새롭게 기억될 수 있게 만들어진다

산다는 건 기적 같은 일이다

한 가지 변하지 않는 사실은
산다는 건 참 예쁜 일이다.

서서히 이겨 나가고 있는 것

아주 서서히 꽃이 핀다

나는 그것을 자세히 보았다

메마른 나뭇가지에 봉오리가 맺히고

생명이 피는 것을

꽃은 서서히 핀다

게을러서가 아니다
한심해서도 아니다
늦어서도 아니다

자신만의 싸움을 하고 있는 것이다
그게 쉽지 않아
서서히 이겨 나가고 있는 것이다

그래서 꽃은 서서히 핀다.

내 삶이 별로일지라도

내 삶이 별로일지라도
너무 미워하면 안 된다

그럴 만한 이유가 있을 것이다

말로는 다 할 수 없는 이유가 있을 것이다

누구도 자신의 삶이
잘되지 않기를 바란 적 없기에

마음 졸이고 애타고 그랬지만

허무하게

내 삶이 별로라는 생각이 드는 날을
만난 것일 뿐

너무 미워하지 말자

별로일지리도

사실은 별로가 아니니까

별로일 리 없으니까

별것 없을 리 없으니까

나만의 의미를 찾아가고 있는 것일 뿐
나는 의미 없고 별로인 사람이 아니니까.

괜찮은 거니

일상을 살아갈 때
어떤 위로도 없다면

넘어지거나 쓰러졌을 때
아무도 없다면

아무도 너의 문을 두들기지 않는다면

어려웠던 겨울이 가는 건 별 의미가 없고
봄이 오는 소식을
마땅히 나눌 사람이 없다면

매일 먹는 아침의 식사와 저녁의 식사 속에
아무 말도 없다면

비가 오는 것이 네게는 아무 의미 없다면

인생은 참 쓸쓸하겠다
너무 쓸쓸해 마음이 아프기도 하겠다

모든 것을 조심스럽게 살아가지만
그런 순간들이 너를 더 외롭게 하겠다

그렇다고 하면 괜찮은 거니

지금 너는

혼자일 텐데 괜찮은 거니

"별거 아니야"라고 쉽게 말할 수 있지만
그건 정말 쉬운 게 아니니까

너는 지금 괜찮은 거니?

너의 시간을 살아
열심히 살아
그리고 또 즐겁게 살아

빛나는 시절들이 더 빛날 수 있게
이 순간들을 놓치지 마

지금도 충분히

복잡하고 어려운 생각 속에서
더 나은 걸 찾기 위해 고민한다.

그러다 끝이 없다는 생각이 들 때
조금씩 나아지고 있는 건 알지만

끝없이 나아져야 한다는 걸 느끼게 될 때

너무 먼 곳까지 생각하게 될 때

이대로는 괜찮지 않다는 생각에
의욕이 생기지 않는다.

하지만 어렵게 생각하지 않는다면

지금 이대로도 충분히 괜찮지 않을까.
이대로도 충분하지 않을까.

원하는 곳까지 아직 멀지는 모르지만

지금 이대로도 할 수 있는 게 많고
지금 모습도 나쁘지 않으며
나도 충분히 괜찮은 사람이지 않을까.

잘하고 있는 거야

"잘하고 있는 거야"

이 말이 왜 그렇게 위로가 되던지

눈 녹듯이 마음이 녹아

다시 잘해 보고 싶다는 생각이 들었다

그래 잘하고 있는 거야
내가 할 수 있는 최선을 다하고 있는 거야.

사람을 만나기 무서웠다

사람을 만나기 무서웠다.

상처 주기도 상처받기도 싫었기 때문에.

그래서 사람을 점점 만나지 않았다.

사람을 만나지 않으니 불안했던 마음이
점점 편안해졌다.

그러나 시간이 지날수록
인생이 어둡게 느껴지고
재밌지 않다는 생각이 들었다.

마음을 나눌 사람이 없기에.

그래서 마음을 열고
먼저 다가갔다.

상처를 줄 수도 있고 받을 수도 있겠지만
그렇게 한번 살아 보기로 했다.

일일이 상처에 의미를 두기보다
어떤 사람을 만나느냐에 의미를 두면서.

시간이 걸렸지만 좋은 사람을 알게 되었다.

당신에게도
좋은 친구가 생겼으면 좋겠다.
상처를 치유하기도 하고
위로도 받을 수 있는
평범한 일상의 이야기를 나눌 수 있는.

혼자 다 짊어지기에는
지치고 무거운 이야기를
나눌 수 있는 사람이 있었으면 좋겠다.

때론 상처 줄 수도 있고
상처받을 수도 있겠지만,
그 속에서 당신과 함께하게 될
좋은 친구를 만날 수 있었으면 좋겠다.

함께한다는 건 마음을 나눈다는 것.
그 속에서
당신이 사랑받으며
사랑하며 살아갈 수 있었으면 좋겠다.

이제는 행복하게 살아

용서한다는 건 쉬운 일이 아니지만
네가 누군가를
용서하는 법을 배울 수 있었으면 좋겠어

용서함으로써 그동안 누군가를 미워한 것이
너를 행복하지 못하게 했다는 걸
깨닫게 될 거야

물론 용서는 어려워

마음을 태울 것 같은 분노를 느끼게 하고
알 수 없는 행동들로
이기적이고 자신만 생각하는 사람의 행동을
이미 가슴에 담았다면
용서하기란 쉽지 않아

그래도 용서할 수 있었으면 좋겠어

용서함으로써 너도 누군가에게
용서받을 수 있게 될 테니까

용서하지 않고 살아가면
매일 기쁠 때도, 쉴 때도, 일할 때도
미운 사람을 떠올려야 하고 미워해야 해
그건 너무 괴로운 일이잖아

그만 용서해 주고
자유로운 시간을 가져

더 이상 미움에 아파하지 말고
이제는 행복하게 살아.

새벽

새벽은 고요해서 좋아요
밖을 봐도 아무도 없으니

지금 깨어 있는 나만이
이 세상에 존재하는 사람 같아요

이 세상에 나밖에 존재하지 않는다면
어떨까 상상해 봐요

싫어하는 사람을 안 봐도 되고
내일 일을 하러 나가지 않아도 되고

버겁다고 생각했던 모든 일이
사라지는 것 같아요

그러나 그 시간이 계속된다면
인생이 좋지는 않을 것 같아요

보고 싶은 사람을 볼 수 없고
매일 밥을 혼자 먹어야 하고
나누고 싶었던 이야기도
누구와도 나눌 수 없어요
어디를 가든 늘 혼자여야 하기에

세상에 혼자인 고요한 새벽은
잠시뿐인 게 좋네요

새벽이 지나가고
내일의 현실이 싫을 때도 있지만
현실에서 도망치기보단

이 시간에 기대어 쉬고 난 뒤,
나에게 주어진 내일을 더 사랑할래요.

너무 긴장하지 마
만나는 모든 순간에

자꾸 마음이 경직된다면
항상 잘해야 된다는 마음에
긴장하고 있어서 그래
그래서 힘든 거야

긴장을 풀어
인생은 때론 잘될 거고
때론 잘 안될 거야

하지만 너무 걱정하지 마
잘 안될 때는
앞으로 더 잘할 수 있는 방법을 배우게 되고
또 잘될 때는 많은 것을 해낼 거야

긴장을 풀어
그래야 지금 할 수 있는 일들이 보일 거야
언제든 할 수 있는 만큼 하면 되는 거야.

지쳤다면

정말 지쳤다면
힘을 잃어버린 것이 아니라
삶의 의미를 잃어버린 것일 수 있어

열심히 살아가는 이유

삶의 이유를
다 알 수는 없지만

우리는 이 세상에
잊을 수 없는
행복한 시간을 만들러 온 게 아닐까

삶의 의미를 잃어버린 것 같을 때는
너를 잃어버리지 말고 많이 아껴 주고
네가 좋아하는 행복을 만드는 데
시간을 써보자

매일 특별하지 않아도 돼
살아간다는 것 자체가
특별한 거니까

작은 일에 소소하게 웃고
행복하게 살아가면 돼.

마음의 여유

당신은 마음의 여유가 있는가

마음의 여유가 없다면
길을 잃어버린다

여유가 없다면 바빠지고 조급해진다
어디로 가야 할지 모른 채
조급해지고 바빠지는 속도는
길을 잃게 한다

길을 잃어버리면
여유는 완전히 사라진다

그때부터
어떤 작은 실수도 용납되지 않으며
어떤 작은 일에도 화가 나기 시작한다

어떤 일이 당신을 화나게 하는 것이 아니라
어떤 것이 당신을 무너트리는 것이 아니라

스스로가 스스로를 무너트리게 된다

스스로가 스스로를 무너트리는 이유는
여유가 하나도 없기 때문이다

여유가 없을 때일수록
어렵더라도 여유를 가져야 한다

그것이 잃어버린 길을 찾는
가장 좋은 방법이다

길을 완전히 잃어버리지 않게
여유가 없다면 여유를 가져야 할 때이다.

달라질 거야

잘할 수 있을지 없을지
해보지 않고는 알 수 없어

실패할지 성공할지
노력해 보지 않으면 알 수 없어

오늘을 살아 보지 않고는
오늘이 어떤지 알 수 없어

만약 해본다면

살아 본다면

무엇이 달라질까

무엇이든 달라질 거야

인생이 달라질 거야

삶이 달라질 거야

네가 달라질 거야

무엇이 달라질지는 모르지만
무엇이든 달라질 거야

좋게

너는 그런 사람이야
너의 인생을
좋게 바꿀 수 있는 유일한 사람.

삶은 고단하기에

삶은 고단하기에
누구에게나 잠시 머무르는 천사가 있다

잠시 머무르는 천사가
바쁘고 힘든 일상 속에서
당신에게 웃음을 선물한다

천사가 당신에게 안부를 묻기도 한다

천사가 나의 문제를
직접 해결해 줄 수는 없지만
나에게 힘을 주고
문제를 해결해 나가도록 한다

잠시 머무르는 천사는 누구에게나 있다

당신이 떠올리는 그 사람이다.

당신이 힘들지 않기를 바라고
당신이 더 행복해지길 바랍니다
당신이 더 잘되기를 바라고
당신의 마음이 불편하지 않기를 바랍니다

당신 탓이 아니다

누구나 자신만의 아픈 일이 있다
강해 보이든 약해 보이든 똑같이 아프고
속상한 일이 있다

살다 보면 힘들지 않을 때도 있지만
힘듦을 지나가야 할 때도 있다

힘들다고 약한 사람도 아니며
힘든 일을 겪었다고 인생을
잘못 살아온 것도 아니다

살아가면서 마음속에 누구나
똑같은 힘듦이 있기에

그렇다고 당신의 힘듦이 누구나 힘들기에
아무것도 아니라는 것이 아니다

힘듦을 만난 당신이 문제가 아니며

당신이 열심히 살아왔어도
힘듦은 찾아온다

잘 살아 내고 싶었지만
힘듦이 찾아온다

그건 당신 탓이 아니다

당신 탓이 아니다.

남들과 다른 시간을
보내고 있는 너에게

남들과 다른 시간을 보내고 있는 너에게

아직도 휴식하고 있지 않은 너에게

오직 앞만 바라보고 가고 있는 너에게

한계라 생각된 순간들을
지나고 있는 너에게

더 이상의 피곤함을 견디기 어렵지만
계속 도전하는 너에게

아무에게도 너의 힘듦을 말하지 못하고
혼자 견디고 있는 너에게

남들과 다른 시간을 보내고 있는 너에게

말하고 싶다

대단하다고

정말 대단하다고

그렇게 너만의 노력으로
너만의 시간을 보낸다는 건
참 대단한 일이기에

지금은 혼자여도 괜찮다
다른 건 신경 쓸 여력이 없기에

지금은 너만 생각하고
너의 무거운 짐을 드는 데 집중하자

나중에 분명, 이 순간을 기억하며
스스로가 얼마나 멋진 시간을 보냈는지
알게 된다

대단하고 대단하다.

포기하지 말자

도망가고 싶을 정도로 힘들 때
너는 어떻게 하니

벼랑 끝에 선 기분일 때
어떻게 하니

단 1초도 현재에 상황에 머물기
싫을 때

내일이 돼도 달라지지 않고
매일매일 똑같다면

너는 어떻게 하니

쉬고 나도 달라지는 게 없다면

노력해도 달라지지 않는 것 같다면

너는 어떻게 하니

숨 막히겠다

지금 이 순간이 정말 힘들고
벗어나고 싶겠다

인내의 시간이 이렇게 쓰다면
인내의 시간이 이렇게 어렵다면
원래 그런 건지는 잘 모르겠지만 그렇다면.

그래도

인내해야 한다

아무리 생각해도 포기하는 것보다는
인내하는 게 낫다고 생각이 든다면

인내해야 한다

지금 이 순간이

가장 힘들겠지만

포기하지 말고 인내해야 한다

너의 모든 인내의 시간이
네게 황홀하고
뿌듯하고
자랑스러운 시간으로 변할 때까지

지금은
포기하면 안 된다

지금은 외롭고

힘든 싸움이 되겠지만

이 뒤에 있을
가장 밝은 달에
가장 예쁜 길에
가장 멋진 길에
마음 편히 쉴 수 있는

그 시간이 있을 테니까

그때까지 우리 포기하지 말자

인내의 길을 걸어가고 있다면
쓰고
답답하고
지치고
괴롭다면
지금은 완전히 멈출 수도 없다면

어쩔 수 없이 인내해야 한다면

당신의 그 길이
너무 길지 않았으면 좋겠다

그 길이 당신에게
자주 나타나지 않았으면 좋겠다

그 길의 끝에
원하는 것을 만날 수 있었으면 좋겠다

인내의 길을 걸어가고 있다면

그 길의 끝에
원하는 것을 만날 수 있었으면 좋겠다

그 길이 당신에게
자주 나타나지 않았으면 좋겠다

당신의 그 길이
너무 길지 않았으면 좋겠다.

시간을 주자

넘어졌다면 시간을 주자
다시 일어서기까지 시간을 주자
당장 이겨 내려고만 하지 말고

시간을 주자

그 시간은 인생에서 가장 값진 시간
가장 고마운 시간
나를 돌아볼 수 있는 시간

시간을 가진 뒤 다시 일어섰을 때는
이전에는 보이지 않았던
새로운 사실들이 보이고
아팠던 만큼 훨씬 더 성숙해져 있을 거야

여전히 기회는 남았고
앞으로의 시간은 충분하니까

지금은 시간이 필요한 거야
내게 시간을 주자.

자책하지 마, 최선을 다한 너의 인생이잖아

의미를 두지 마
의미를 두지 않으면 아무것도 아니야

아름다운 것에 시작

당신이 태어났을 때
아름다운 일이 시작되었다

당신이 여기까지 오면서 넘긴
여러 번의 고비와 눈물들,
작은 일부터 큰일까지 극복한 일들과
극복하지 못한 일들,
삶을 향해 노력한 일들,
감당할 수 없는 감정을 만난 일들,
사랑을 고백하고 사랑한 일들,

모두 아름다운 일이었다

당신이 여기까지 오면서 아름답지
않은 날은 없었다

모두 아름다운 일이었다

당신이 아름다운 사람이기에
당신이 태어날 때부터
아름다운 이야기는 시작되었다

앞으로도 당신은
어떤 모습이어도 아름답다

아름다운 이야기는
아직 끝나지 않았다

아름다운 이야기는
지금도 만들어지고 있다

당신이 살아가는 오늘의 모습으로부터

지나간 아름다운 일은
밤하늘에 별이 되어 당신을 비춘다.

노력

노력의 시간은 괴롭다

노력한다고 모든 게 이루어지지도 않으며

노력이 노력으로 끝나게 되는 경우도 많다

노력으로 어떤 일을 바꿀 수 있다고
생각하는 경우에도

노력으로 기회를 잡을 수 있다고
생각하는 경우에도

아쉽게도 노력은
그저 노력으로 끝나는 경우도 많다

그럼 왜 자신의 삶을 향해 노력하는가

왜 당장 거대한 변화가 보이지 않는데
노력하는가

그 이유는

노력이 노력으로 끝나지 않을 때도
있기 때문이다

노력이 성취가 되고
소망이 되기도 하기 때문이다

노력이 노력으로 끝나든, 어떤 모습이든
노력하는 사람에게는
언제든 삶에 기회가
존재한다고 믿기 때문이다

그 기회들이 쌓이고 모여 더 많은 기회를

가져오고
노력의 간절함이 당신을
어떤 일이든 해낼 수 있는 사람으로
변하게 한다

아무 노력하지 않는 사람에게는
스스로에게 기회가 없다

목표만큼 노력하지 않는 사람에게는
스스로에게 기회가 적다

목표의 앞에서
가장 많은 노력을 한 사람에게는
스스로에게 기적이 있다

당신이 소망과 간절함을 담아
노력하고 있다면

당장은 이루어지지 않더라도
가장 큰 행운이 당신을 따라온다.

시작했으면 흔들리지 말고
마음을 단단히 갖자

왜 말하지 않았니

비가 온다고 왜 말하지 않았니

네 마음에 비가 이렇게나 많이 내리는데

왜 한 번도 비가 온다고 말하지 않았니

나는 몰랐어

네가 웃고 있어서 몰랐어

네 마음에 이렇게 많은 비가 매일 내리는지

뒤돌아서도 너는
웃으며 잘 지내는 줄 알았어

무엇이 마음에 비를 많이 내리게 한 거니

나는 이제
네가 혼자가 아니라고 말해 줄 테니
너는 그동안의 이야기를 들려줘

힘듦을 참지만 말고 말해 줘
오늘 같이 비를 피하고
비가 그치면 무지개를 보며 함께 웃자.

바람이 분다
모든 괴로움을
다 가져가 주면 좋겠다

실패한 순간이
인생의 전부는 아니니까

어느 날 낙엽이 내 앞에 떨어졌는데
내 꿈 같은 거야
매번 날지 못하고 떨어진 꿈
그걸 보는데 슬프더라고
떨어진 낙엽도 분명
예쁘게 피었을 때가 있었을 텐데
그런데 한편으로는 다시 용기가 나더라
'지금 여기서 주저앉으면 안 되겠다'
생각이 들었어
왜냐면 떨어진 낙엽이 몇 번의 계절만
지난다면,
나무에 다시 새로운 잎으로 피어날 테니까
그러니까 나도 실패하더라도
멈추지 않는다면
다음에, 다음의 계절에는
내가 바랐던 일들이 피어나지 않을까

그렇게 지금 실패한 순간이
전부가 아니라고 생각하니까
위안이 되더라.

살아온 과거도 실수투성이었고
현재도 불확실하지만
기대할 내일이 있다는 사실에
참 위로가 되더라

너도 그랬으면 좋겠어.

기다릴 줄 아는 사람이 되자

이 기다림을 너무 슬퍼하지 말자

기다림이 쉽지 않겠지만
기다려야 할 때를 만난 것뿐이니까

기다려야 할 때 기다릴 수 있다면
그 기다림이
너에게 보고 싶었던 순간을
만나게 해줄 거야

인생이 짧은 이유는
모든 것이 빠르게 지나가기 때문이다

2부

위로를 보낸다

좋은 생각을 많이 하고
마음에 담아 두면 힘이 날 거야

하루의 대부분을
지나온 상처를 생각하는 데만 쓴다면
시간이 지나 인생에는 상처만 남을 수 있어

상처를 생각한다는 건
같은 상처를 반복하는 일이니까

행복하기에도, 삶의 시간은 모자라

상처가 있었다면
이제는 상처에서 벗어나자
나만의 행복을 찾아 나서자

지금 당장 행복하지 않더라도
좋아하는 것들로 하나씩 바꿔 가다 보면
행복이 보일 거야

좋은 생각을 많이 하고
마음에 담아 두면
앞으로 살아가면서 더 힘이 날 거야.

시간이 무서울 때

하루는 짧은데,
피곤함이 가득한 하루가 있다.
내일 또 똑같은 하루가 시작될 거라는 걸
알기에 벅찬 느낌이 든다.
그렇게 힘든 하루를 보내고 난 뒤,
시간이 빠르게 흘러갈 때
시간이 무섭게 느껴진다.

삶을 오르는 너에게

삶을 오르는 너의 길이
너무 험난하지 않았으면 좋겠어

삶을 오르면서 거친 숨이 차오를 때는
쉬어 갈 수 있었으면 좋겠어

눈앞에 놓인 길뿐만 아니라
푸른 하늘과 나무들을, 새들과 꽃들도
마음에 담을 수 있었으면 좋겠어

힘들 때는
너무 높은 목표를 갖지 않았으면 좋겠어

포기하고 싶을 때는 혼자 가려고 하지 않고
함께 갈 수 있었으면 좋겠어

아름다운 순간을 기다리지 말고

아름답게 살아갈 수 있었으면 좋겠어

지금 눈앞에 놓인 순간이
지나고 나면
아름다운 순간이 된다는 걸
알게 됐으면 좋겠어

너와 함께하는 삶과
삶 속에 너를
사랑할 수 있었으면 좋겠어.

운명을 믿는다

정해진 운명을 믿지 않고
내가 만들어 나갈 운명을 믿는다

운명이 정해져 있다면
노력은 전부 의미 없이 사라질 테니까

운명을 정할 수 있는 건
운명을 만들어 가는 사람이라고 믿는다

모두가 잠든 시간
자신의 어둠에서 홀로 빛나고 있는 사람
전부를 걸고 물러서지 않고 도전하는 사람
최고가 아니어도 최선의 모습으로
더욱 당당하게 나아가는 사람

그렇게 자신의 운명을
자신이 정할 수 있다고 믿는 사람의
운명을 믿는다

믿어 준다

운명의 길에서 만나는 실패는
진짜 실패가 아니라고

운명의 길에서 만나는 아쉬운 실수는
얼마든지 있을 수 있다고

앞으로 자신만이 만들 수 있는
자신이 만들고 싶은 운명을 믿으라고.

복잡한 마음을 정리하고
새롭게 나의 길을 생각해 보고
누구의 눈치도 볼 필요 없이
내 마음에 깊이 집중하기 위해
혼자의 시간이 필요하다

●

시행착오를 겪지 않으려고 하는 사람은
아무것도 할 수 없을지 모릅니다.

●

모든 것이 시행착오를 통해 경험이 되고
삶에서 마주하는 다양한 문제를
해결해 나가는 데 나만의 지혜가 됩니다.

틈

항상 이성적으로 판단하고
감정을 배제하고
논리적으로 생각하며
빈틈없이 행동하기는 누구도 쉽지 않다

사람은 누구나 틈이 있다
그 틈이 없다면
어떤 이야기를 나눌 수 있을까
어떻게 다가갈 수 있을까

당신이 당신에게도 틈을 허락해야
숨 쉴 수 있다

너무 옭아매려 한다면
너무 완벽하려 한다면
마음을 쉴 공간이 없다면

처음에 가졌던 목표도 의미도
가슴 뛰는 순간도 잊게 된다

힘들 때는 틈을 만들자
그리고 틈에 쉬어 가자.

바쁘던 일을 멈추고
세상에서 가장 느린 사람이 되어 보자

의미 있는 일은 잠시 멈추고
의미 없는 것들로 시간을 채우고
또 다른 행복의 의미를 만들어 보자

용기 내지 말자
두려움을 이기려고도 하지 말자

나를 내버려 두자

복잡한 생각은 전부 내려놓고
오늘은 그냥 나를 내버려 두자

●

바쁘게만 살지 말고
가만히 멈춰서
자신이 원하는 것을 묻고
답을 찾아보는 시간을 가져 보세요.

●

여유를 지키는 것이
어떤 일을 당장
감정적으로 해결하는 것보다
더 좋은 결과를 가져옵니다.

●

달라지지 않을 사람에게
같은 이야기를 계속 반복하지 마세요.
그 사람으로 힘들어하지 말고
거리를 두세요.

●

멀리 내다보는 사람 곁에 있으면
넓은 마음을 배우게 돼요.

●

가능성이 없어도 믿어 주세요.
그것이 어떤 가능성보다
가장 큰 가능성이 만들어 냅니다.

●

어떤 사람도
늘 한결같을 수 없고,
늘 풍부한 생각이 있을 수 없고,
늘 옳은 결정을 할 수 없고,
늘 뛰어날 수는 없어요.

그런 건 그 사람을 볼 때
중요한 게 아니에요.

가장 중요하게 바라봐야 할 건
그 사람의 마음이에요.

선한 마음을 가졌는지 그게
가장 중요해요.

그 마음이, 그 사람이 살아온 인생을,
앞으로 살아갈 인생을 보여 주니까요.

어떠한 방식으로,
어떠한 사람으로 살아갈지.

●

가장 대단한 사람은
마음이 넓고 풍요로운 사람이에요.
그것은 그 어떤 것보다 뛰어난 인품이에요.
당신은 인품의 중요성을 볼 줄 알아야 하고
그런 사람이 지금 곁에 있다면
정말 좋은 인생의 스승을 만난 것과 같아요.

누구도 의지하기 어려운 인생 속에서
고마운 사람을 만나게 될 때가 있다
나에게 무언가를 바라지 않고
부디 내가 좋기를 바라기에
큰 의지가 되는 사람

내 사람 내 편 그런 말들이
자연스럽게 떠오르는 사람
인위적이지 않고
억지로 이해하려고 하지 않아도 되는
그런 사람

제일 좋은 관계는 서로가 어떤 모습이든
보여 줄 수 있는 관계이고
자주 함께하고 싶은 사람이고
마음의 안도가 되는 관계이며
특별히 이해하려고 애쓰지 않아도
많은 이해가 되는 사람이고
그 사람과 함께할 때
마음이 힘들지 않은 관계입니다.

•

잘해 주고 싶고
아껴 주고 싶은 사람들과 함께할수록
인생은 더 힘이 나고 마음은 더 긍정적이고
부드럽게 변하게 돼요.

•

사랑하는 사람에게
좋은 마음을 선물해 줄 때
가장 큰 행복을 느끼게 됩니다.

•

익숙하다는 건 보면 볼수록 좋다는 거예요.
멀어지면 보고 싶고,
가까이 있으면 더 오래 함께 있고 싶고.

서로를 잘 알기에,
서로의 다른 부분을 인정해 주는 사이.

익숙하다는 건 소중한 거예요.

오랜 관계를 위해서는
모든 관계에 적당한 거리가 필요합니다.

자신에게 집중할수록
관계는 더 좋아집니다.

미움도 서운함도 줄어들고
이해가 생깁니다.

●

기분 나쁘다고 툴툴거리지 말고
좋게 말해야 해요.
그래야 상대방도 나와 대화하고
싶어집니다.

●

말을 잘한다는 건
말 한마디의 조심성과 가치를
누구보다 잘 아는 사람입니다.

함께일 때, 혼자일 때

혼자일 때는
행복을 스스로 채우는 사람이 되고

함께할 때는
서로가 기댈 수 있는 사람이 되세요

함께인데
혼자가 되려 하고

혼자일 때
누군가 계속 함께해 주길 바라면

함께여도 괴롭고
혼자여도 괴로워요.

어떤 환경에 있느냐에 따라
사람은 달라집니다
지금 모습이 마음에 들지 않는다면
주위를 살펴보세요
나는 그들에게 배울 게 있는지
닮고 싶은지

닮고 싶지 않다면
나에게 맞는
새로운 환경이 필요합니다

마음이 귀찮아도
균형 잡힌 생활을 하는 것이 좋아요
그래야 일상에 자신감이 붙고
활력을 잃지 않을 수 있습니다

모든 순간이 처음이고,
삶을 배우고 있는 중이다

학교에서 배우지 않은 것을
학교 밖에서 배운다

좋은 사람에게서 배우지 못한 것을
안 좋은 사람에게서 배운다

사랑할 때는 배우지 못한 것을
사랑을 잃고 나서 배운다

안정적인 일을 할 때는 배우지 못한 것을
처음 하는 일을 통해 배운다

깊게 생각하지 못한 것을
깊게 생각하며 배운다

혼자 있을 때는 배우지 못한 것을
함께 있을 때 배운다

시간이 지날수록 배운 만큼 알게 된다

나에게 온 일이, 괜한 일은 결코 없었다는걸

상대를 조금 더 이해하는 것을 배우게 되고
자신을 조금 더 이해하는 걸 배우게 되고
어려움 앞에서는 어떻게 할지 배우게 되고
실수 앞에서는
어떻게 해야 하는지 배우게 된다

무엇을 배울지
예측할 수 없지만
그리고 모든 순간이 처음이기에
쉽지 않지만
우리는 아직 배우는 중이다

그 누구도 인생을 아직 다 배우지 못한
자신의 모습에 실망하지 않아도 된다.

시간의 가치는 다르다

시간이 똑같이 흘러도
시간을 어떻게 쓰느냐에 따라
전혀 다른 시간이 된다.

하고 싶은 게 있으면 해보자.
하고 싶은 걸 멈출 필요도
하기 어렵다고 멈출 필요도 없다.
하고 싶은 것을 다 하며 살 수는 없겠지만
하고 싶은 것을 다 할 수는 없다는 이유로
참기만 한다면 계속 즐겁지 않을 테니까.

어릴 적 당신이 좋아하는 일들에
설렜던 기억이 있는가.
당신이 전날 설레어
기분이 좋아
잠이 오지 않았던 그날의 일기를
기억하는가.

어른이 되면서 참아야 하기에
더 현실적으로 바라봐야 했기에

꿈이란 현실적이지 않고,
당장 지킬 수 없는 약속은, 약속이 아니며
당장 이룰 수 없는 꿈은, 꿈이 아니게 된다.

하지만 모든 사람에게는 때론,
설렘이 필요하고
당장 지킬 수 없어도 기다리고 싶은 약속이
필요하며
당장 이룰 수 없어도 꿈꿀 수 있는 시간이
필요하다.

그래서 때론 과감히

나의 꿈을 위해 하고 싶은 일을 해야 한다.

그것이 비록 현실적이지 않아도
내가 정말 하고 싶은 일이며
나를 설레게 한다면.

인생이 공허해지지 않게
다시 설렐 수 있는 즐거움을 위해.

하루가 순식간에 바쁘게 흘러간다
어떤 의미를 찾거나
생각해 볼 겨를도 없이
피곤함이 몰려온다

그래서 꼭 일정 시간을 빼두고
그 시간만큼은
자신만의 시간을 가져야 한다

그래야 자신이 진정 하고 싶은 것을 하며
살아갈 수 있다

●

강한 신념

강한 의지

강한 마음

그런 것들을 한번 가져 봄으로써

성장해야 할 때가 있다.

●

자신이 믿는
자신의 모습이
곧 자신이 된다.

●

인생은 기회와 타이밍이 아니다.
꾸준히 노력하고
길을 찾아내는 사람을 이길 수는 없다.

결말은 정해지지 않았어

결말은 정해지지 않았어
지금 보이는 건 결과가 아니라
이 시간 마주한 잠깐의 모습이야

물론 후에 더 좋아질 수도 있고
더 안 좋아질 수도 있겠지만

중요한 건
앞으로 아직 살아 보지 않은 날들이기에
더 안 좋아질 거라고
미리 걱정할 필요는 없어

이야기는 아직 다 써지지 않았어
너의 이야기를 써
어쩌면 너의 멋진 이야기는
네가 다시 마음먹은
이제부터가 진짜 시작이기에

세상에 보여 주고 싶은 모습을 보여 줘
너의 이야기를 계속 쓰는 거야

너는 잘할 거야
잘 살아 낼 거야

그리고 나중에 너의 이야기가 완성될 쯤

누군가 이야기의 중간에 멈춰서
좌절하고 있다면
네가 말해 줄 수 있었으면 좋겠어

당신의 이야기는 아직 끝나지 않았다고
당신의 이야기는 이제부터가
진짜 시작이라고

가능성이 없다고 생각될 때

그 사람을 믿어 주는 것이
가장 큰 가능성을 만들어 낼 거야.

어느 날 어느 순간에
가장 가능성이 없다고 생각될 때
그 사람을 꼭 믿어 줘.

그리고 그 사람이
자신이라고 생각될 때는
자신을 꼭 믿어 줘.

용기 내서 살아 볼 거야

억울한 일을 겪었다
내가 잘하지 못해서가 아니라
억울한 일이 내게 찾아왔다

억울한 일은 아무렇지 않게
그동안 노력으로 쌓아 올린 시간을
한순간에 빼앗아 갔다

억울함은 나의 삶을 흔들어 놓았다

나는 생각했다
'억울해 그래서 이제 포기해야 할 것 같아'
'이건 아니잖아'
납득할 수 없는 일과 납득할 수 없는 생각들
이 머릿속을 복잡하게 만들었다

그래서 납득하지 않기로 했다

억울함에 지지 않도록
억울한 채 살아가지 않게
억울한 순간을 딛고 일어서 보기로 했다

마음을 잡고 말했다

몇 가지 힘든 일이
나를 힘들게 할 수는 있겠지만
나를 무너트릴 수는 없어

원래 나의 가장 큰 장점은 용기였으니까
다시 용기 낼 거야

용기 내서 다시 해볼 거야
용기 내서 살아 볼 거야.

아무것도 안 해도 돼요

모든 걸 숨 가쁘게 끝내야 할 것 같지만

아무것도 안 해도 돼요

너무 힘들어하고 있다면
이미 할 수 없는 마음으로
할 수 있는 데까지 전부 다 쏟아 냈다면

이제 아무것도 하지 않아도 돼요

아무것도 하지 않는다고
당신의 존재가
아무것도 아니게 되는 것이 아니에요

너무 힘들 때
아무것도 안 한다는 것은

더 멀리 가기 위한 준비이고
완전히 길을 잃어버리지 않기 위한
시간이고
때론 높은 벽을 넘어야 할 때 필요한
기다림이에요

때론 아무것도 안 해도 돼요
그걸 잊지 말아요.

불안할 때는 멈춰요

새로운 도전과 시도가
나를 숨 쉬게 하기도 하지만
불안한 상태에서 하는
새로운 도전과 시도는
나를 숨 쉬지 못하게 할 때도 있어요

지치고 쫓기면
가지고 있는 지혜를 잃게 돼요

불안하다면
가만히 멈추는 게 나을지 몰라요
조금 더 신중할 필요가 있어요

가만히 있어 봐요
불안의 소리가 멈출 때까지

모래시계의 모래가

다 떨어질 때까지 기다리면 멈추지만
모래가 다 떨어지기도 전에
불안한 마음으로 계속 뒤집으면
모래는 멈추지 않고 계속 떨어지는 것처럼

무언가를 하면 할수록 불안하다면
멈춰 보세요
지금 하는 일들이 나를 불안하게
하는 것일 수 있으니까요

멈춰서 내 마음을 들여다봐 주세요
나는 무엇이 불안했는지
나는 무엇을 잘못 생각하고 있었는지

내 마음을 들여다볼수록
불안은 줄어들 거예요

그렇게 불안의 시간이 지나가고
불안한 마음이 멈출 거예요.

무너졌다
다시 일어서고
무너졌다
다시 일어서고

상처

상처는 상처받은 사람을 남기지만
상처를 치유해 나가는 단단한 사람을
만들기도 한다.

상처받았다면 자신의 상처에 가장 먼저
괜찮다고 말해 주는 사람이 되자.

그렇게 상처에 조금 더 단단해지자.

인정

남들에게 인정받으려고만 할수록
자신이 진짜 해야 할 일을 놓치게 된다.
다른 사람만 신경 쓰고 생각하느라
해야 할 일에 집중할 수 없기에.

인정받으려고 하는 데 시간을 쓰지 말고
인정할 수밖에 없는 사람이 되는 데
시간을 쓰는 게 더 중요하다.

자신과의 약속을 지킬수록

자신감이 생긴다

너의 삶에 주도권을
다른 사람에게 주면 안 돼

나를 돌아봐야 할 때

불필요한 것에 집착하며
괴로워하고 있지 않은지

배움을 오랫동안 멈추지 않았는지

이상한 기준을 내세우며 살고 있지 않은지

나의 문제를 늘 바라만 보고
고치지 않은 건 아닌지

•

같은 후회를 반복하지 말자
같은 후회로 아파하지 말자

이미 지나가 버린
말은 덮어 두자

뒤돌아보면 하지 못한 말들이 있을 수 있다
마음에 남는 말이 있을 수 있다

그렇다고 일일이 모든 말을 세어 보고
생각하지 않아도 괜찮다
어차피 그날 하지 못한 말은
그날로 끝이 된다

그 말을 계속 고민하고 생각해 봐야
달라지는 건 없고
다음에 똑같은 상황이 없을 수도 있다

그날 하지 못한 말은 덮어 두고

새로운 날이 오면
그때 하고 싶은 말을 하면 된다

하고 싶은 말을 못 했다는 건
당신이 부족해서가 아니라
말이란 원래
매 순간 완벽히 다 할 수도 없고
하고 싶은 말을 다 할 수도 없기에

지나간 말들을 곰곰이 생각해 보면
아쉬움이 남을 수밖에 없다

아쉬움에 계속 붙잡혀 있으면
과거보다 중요한 지금을 놓치게 된다

그러니 이제는 후회를 멈추고
앞으로 다가올 순간에
하고 싶은 말을 꺼내자.

의미 없는 것에
소유와 집착하려고 할수록
삶에는 없어도 될 짐이 생긴다

●

좋아하는 걸 찾기 위해서는
안 좋은 것을 떠나보낼 줄 알아야 해.

●

완벽해야 한다는 부담을 내려놓고
이것저것 부딪혀 보자.
그래야 나와 맞는 것을 찾을 수 있다.
완벽해야 한다는 부담감을 내려놓자.

포기하지 마

포기하지 마

나중에 분명 잘될 테니까

지금은 아무도 알아주지 않아도

나중에 분명 잘될 테니까

아직은 포기하지 마

포기하고 싶고 그만두고 싶고
나는 아닌 거라고 생각이 들 때
끝내야겠다고 생각이 들 때
의미 없는 시간이 모여
결국 현재가 되었다고 생각이 들 때
세상이 나를 배신한 것 같을 때

포기하지 마

나중에 분명 잘될 거야

여기서 포기하고,
언제 올지 모르는 행복을 기다리지 마
끝까지 앞으로 나아가 행복을 잡아

포기하지 마

최선을 다한 거 알아

오늘을 자랑스럽게 기억할 수 있는 날이
올 거야
오늘이 있었기에
더욱 멋진 날을 바라보게 될 거야

네가 가진 모든 걸 쏟아서 행복을 잡아

너에게 더 큰 시련이 온다고 해도
끝까지 앞으로 나아가 행복을 잡아

나 이렇게 잘 살고 있다고
또 잘 살아 보려 한다고

포기하지 않을 거라고

세상을 향해 보여 줘.

당신의 인생에서 힘든 일들은
당신을 아프게 할 수 있을지 몰라도
당신을 쓰러뜨릴 수 없다

●

정말 큰마음을 먹어야 할 때도 있다.
가장 큰 벽을 만났을 때
자신 외에 아무도 도와줄 사람이 없고
이 위기를 오직 스스로의 힘으로
극복해야 하는 순간에는.

●

길을 찾는 건 어렵다.
하지만 어려워도 계속 길을 찾는 사람만이
결국 자신만의 길을 찾아낸다.

●

세상의 길은 하나가 아니야.
하나의 길이 정답인 것처럼 말하는 사람은
많은 길을 가보지 않은 사람이야.

봄꽃

봄꽃은 겨울보다 강하다
겨울을 이기고 피어난 꽃이니까

봄꽃은 아직 완벽하게 자라지 못했다
봄은 모든 계절의 시작이기에

봄꽃은 예쁜 이름을 가졌다

봄꽃은 아름답다
꽃이어서 아름답고 봄이기에 아름답다

약한 듯하지만 강하며
아직 완벽하지 않지만
예쁜 이름을 가진 당신은 봄꽃이다

삶에 희망을 가져도 되는 사람
자신의 온기로 주위를
따뜻하게 할 수 있는 사람

누군가에게 희망이 되기도 하는 사람

당신은 봄꽃 같은 사람이다.

인생

칠흑 같은 어둠에 혼자 남겨지는 것

꽃밭으로 가득 찬 순간을 만나며
즐거워하는 것

감당하기 어려운 파도와 같은 감정을
만나는 것
어두운 그림자를 지워 줄 환한 사람을
만나게 되는 것

작고 사소한 것에 행복하기도 하고
오랫동안 아파하기도 하는 것

문득 생각나고 보고 싶은 사람이 있는 것

산다는 건 그런 것
살아가면서 좋은 순간도
안 좋은 순간도 있지만
시간이 지나면 나에게는
모두 특별한 순간이 되는 것

얼었던 마음이 녹고
웃음이 피기도 하는 것.

법칙을 만들지 마세요

당신이 만든 법칙이
당신의 생각과 마음을 가두게 됩니다
그 법칙과 다른 것을 틀린 것이라
생각하게 만들고
당신을 더 발전할 수 없게 하며
다른 사람에게 불필요한 충고나
조언을 하게 하고
그 법칙 안에서 사람들을 판단하게 합니다

자신만이 만들어 놓은 법칙을
언제든 깰 수 있는 사람이 되세요

주어진 순간을 이해하고 받아들이며
새롭게 나아가는 사람이 되세요

새들의 지저귐에는 법칙이 없습니다
사람들의 기분 좋은 웃음에도
법칙은 없습니다

모든 곳을 날 수 있는 새에게도
법칙이 없습니다

정말 자유롭고 위대한 것에는
법칙이 없습니다

자연스러움만 있습니다

자연스러운 사람이 되세요

주어진 상황을 이해하고 받아들이며
새롭게 나아가는 사람이 되세요

새로운 것에 두려울 수 있겠지만
그럴수록 훨씬 더 자유로워질 것입니다

그렇게 자연스럽고 멋진
함께하고 싶고
오랫동안 곁에 있고 싶은 사람이 되세요.

겉으로는 아무 일 없는 것처럼
살아가지만

왜 내게 감당할 수 없는 일들이
일어나는 걸까

왜 나는 마음처럼 되는 게 하나도 없을까

왜 나는 작은 일조차 어려워하는 걸까

나는 왜 이런 걸까

내가 얼마나 더 조바심 나고 힘들어야만
나의 힘듦이 멈춰질까

주변은 평화롭고 조용한데

나는 왜 이렇게 흔들릴까

왜 이렇게 확신이 없고 자신이 없을까

좀처럼 괜찮아지지 않아서
불안한 마음을 숨길 수 없어
불안한 채로 마음을 가만히 있지 못할
때가 있다

내가 멈추면 모든 게 다 끝날 것 같아서
내가 내려놓으면
정말 모든 게 다 끝날 것 같아서

모든 걱정과 모든 생각들을 품고
밤을 지새우지만
겉으론 아무 일 없는 것처럼
살아갈 때가 있다.

자신이 할 수 있는 만큼
충분히 해내고 있는 것

거북이는 달려도 천천히 가는 것처럼
보인다
하지만 거북이는 달리고 있는 것이다

자신만의 경주를 포기하지 않고
달리고 있는 것이다

인생이 꼭 거북이처럼 느껴질 때가 있다
아무리 노력해도 더디고 더뎌
나아지는 속도가 늦을 때

그러다 원하는 목적지까지 도착할 수 없을
것 같아
생기는 조바심과 조급함이
힘을 내고 있는 발걸음을 더 무겁게 한다

하지만 거북이는 달리고 있는 것이다

자신이 할 수 있는 만큼
충분히 해내고 있는 것이다

원하는 만큼 속도가 나지 않아도
당신은 어제보다 나은 내일을
조금씩 만들어 가고 있는 것이다.

너의 밤은 때론
너무 어두웠고
너의 낮은 때론
감당하기 두려웠을 텐데
많은 시간이 벅찼을 텐데,
어떻게 지나왔니

너를 보면 안쓰럽지만
대단하다는 생각이 든다
너의 삶을 지켜 낸 모습이
대단하다고 생각 든다

엄마

너로 인해 힘든 순간도 있었지만
너를 만나 기뻤다

기쁜 순간들이 더 많았다

즐거웠던 순간이 많았다

너 때문에 웃을 수 있는 날이 많았다

너를 만난 건 언제나 내게 큰 축복이었다

너를 걱정하다
밤새워 잠을 지새운 적도 있었다

너에게 가장 예쁜 옷을 선물해 주고 싶었고
너에게 가장 좋은 것을 주고 싶었다

나는 기도했다
네가 아픈 날은 내가 대신 아프기를 바랐고
네가 힘든 날은 내가 대신 힘들어서
너의 영혼은 언제나 편안하기를

그 마음은 단 한 순간도 변함이 없었다

내 딸아 나에게 너의 부모가 될 기회를 줘서
고맙다

부족한 부모로서
마음만 앞선 부모로서
그동안 서툴렀던 모습들이 미안하다.

내 딸아 사랑한다
사랑하지 않은 날들은 하루도 없었다

이제는 내가 늙어
너에게 해줄 수 있는 게 아무것도 없구나
너에게는 내가 답답해 보이는 모습들로
비쳐질까 걱정된다
조금이라도 더 오랫동안
도움을 주고 싶었는데 미안하다

그래도 여전히 사랑한다

이 세상 누가 뭐라고 해도
너를 사랑한다

그러니 힘들면 우리 얘기 나누자

꽃이 활짝 핀 꽃길을 걸으며
별이 가득 뜬 밤길을 걸으며
얼었던 땅을 녹이는 햇살 위로

지나온 이야기와
지나가고 싶은 이야기를

이야기 나누자.

내가 가진 희망이
당신의 희망이기도 했다는
사실을 깨달았다
그 후로는 이전처럼 쉽게
나의 희망을 꺼뜨리지 않는다

어떤 고난에도, 어떤 어려움에도
나의 희망을 믿는다
희망이 희망으로 끝나지 않도록
나의 희망이 나에게 기쁨이 되고
나를 위해 고생한 당신의 입가에도
미소가 되도록 나의 희망을 지켜 낸다

최선의 의미

변화가 언제 찾아오는지는 모르지만

누구에게 변화가 찾아오는지
우리는 모두 안다

변화는 최선을 다한 사람에게 찾아온다

최선을 다하고 있다면

변화가 없을 거라고 걱정하지 않아도 된다

이미 변화되고 있는 중이니까

과거가 어떻든
주어진 순간에 최선을 다하는 사람은

끊임없이 변해 가고
목적지는 점점 가까워지고
무엇이든 변화시킬 수 있는 사람이 되고
무엇이든 해낼 수 있는 사람이 되며
주어진 시간을 원하는 시간으로
바꿔 나가는 사람이 된다

그러니 당장
눈에 띄는 변화가 없다고 하더라도
최선을 다하고 있다면 변화가 없을 거라
걱정하지 말자

이미 변화되고 있는 중이니까.

자꾸 과장해서 생각하지 말고
모든 걸 다 생각하려 하지 말고
눈에 보이는 지금에 집중해야 해
그래야 지금을 놓치지 않을 수 있어

그렇지 않으면 시간이 흘러도
남는 건 아무것도 없을지 몰라

3부 온기를 보낸다

위대하고 자유롭게

바람처럼 지나가세요

바람처럼 어떤 장애물도 뛰어넘으세요

바람처럼 흘려버리세요

바람처럼 삶의 방향을 자유롭게 가세요

바람처럼 살아가세요

바람처럼

자유롭게

위대하게

바랐던 바람대로 바람이 불지 않는 날에도
당신이 바람이 되어
원하는 곳을 향해 가세요

바람처럼 거침없이 나아가세요.

너의 자유는
언제나 아름답고 위대하다

너다울 때 가장 아름다운 사람이 되고
가장 아름다운 날이 된다

생명을 가진 건 자세히 보면 모두 다르다

꽃도
별도
구름도
사람도
모두 다르다

남들과 다른 모습이 진짜 너다
마음을 숨기려 할수록
괜찮아지지 않고
점점 더 아무것도 할 수 없게 된다

아무것도 할 수 없는 건 네가 아니다

남들과 다른 모습을 지녔지만
너만의 생명력을 가진 사람

그게 진짜 너다

너다울 때 가장 아름다운 사람이 되고
가장 아름다운 날이 된다

아직 오지 않은 날들이
네게 더 아름다운 날로 다가오며

마음속 당당함을 꺼내
눈부신 날들을
아름답게 맞이하길.

누구나 칭찬과 인정과 사랑을 받고 싶어 한다
당신이 누군가에게
칭찬과 인정과 사랑을 줄 수 있다면
당신의 세상이 훨씬 더 아름다워질 것이다

●

경험을 쌓는 데 시간을 쓰세요.
많은 경험이 모여
앞으로 나아갈 길이 될 거예요.

●

실력을 기르기 위해 도움 없이
혼자 고민하고
좌절한 뒤에 다시 고민하고
이런 날을 지난 사람만이
자신만의 실력이 생긴다.

강해져야 할 때

나를 이용하려는 사람한테
이용당하지 않고

나를 얕보는 사람한테
얕보이지 않고

나를 무시하려는 사람한테
무시당하지 않고

나를 상처 주는 사람에게
상처받지 않고

삶에서는 그렇게 강해져야 할 때가 있다.

모든 걸 이해하려 할수록

당신만 힘들어져요

적당히 바라봐도 돼요

그리고 당신에게 집중해요

당신이 살고 싶은 삶을 살아요

중심을 잡아야 한다
당신을 흔들리게 하는
여러 가지 일들이 몰려와도
중심을 잘 잡아야 한다
흔들리지 말고 계속 살아가다 보면
반드시 좋은 일도 찾아온다

변화

변하길 원한다면
어제 하지 않기로 한 행동을
오늘 하지 말아야 한다

모든 변화는 오늘 할 수 있기 때문이다

용기 있는 사람이 되고 싶다면
오늘 조금 더 용기 내고

부지런한 사람이 되고 싶다면
오늘 조금 더 부지런히 살아가고

사랑하는 사람이 되고 싶다면
오늘 조금 더 사랑하고

그렇게 당신의 세상은 변한다

당신이 오늘 변함으로써

하지만 변화 속에서
변하지 않는 한 가지 사실도 있다

한계에 부딪혔을 때도
어떤 순간에도
어떤 모습에도
당신의 하루는 소중하고
당신은 소중한 사람이다.

삶이 원하는 대로 항상 흘러가지는 않겠지만
너는 너의 삶을 잘 지켜 낼 거야
너는 그럴 수 있을 거야

한번 네가 바뀔 만큼의

큰 꿈을 가져 봐

혹시 이루지 못한다 해도

도전해 보는 거야

걱정하지 마세요

걱정하지 마세요
그 일은 일어나지 않을 겁니다

걱정하지 마세요
내일이면 다 잊혀질 겁니다

걱정하지 마세요
전부 잘될 겁니다

걱정하지 마세요
당신의 걱정이 오늘의 당신과
내일의 당신을 겁먹게 만들지 않게
마음에 행복이 들어오지 못하도록
막지 않게

당신이 바라보는 모든 시선들을
걱정으로 가득 채우지 않게

걱정하지 마세요

눈을 뜨고
지금 내게 놓인 정면을 바라보세요

이것이 현실이고
이것이 진짜 내 삶입니다

걱정할 일은 일어나지 않았습니다
걱정할 날은 다가오지 않았습니다

걱정하지 마세요

그렇게 믿고
주어진 지금을 살아가세요.

후회

단 한 번만 그때로 돌아갈 수 있다면

단 하루만 그날로 돌아갈 수 있다면

같은 후회를 반복하지 않을 텐데

같은 행동을 반복하지 않을 텐데

같은 잘못을 반복하지 않을 텐데

현재의 후회로는
아무것도 바꿀 수 없다는 걸 알기에
마음을 힘들게 한다

이미 일어난 일이기에
계속 떠오르며
마음을 힘들게 한다

그러니 이제,
충분히 후회했다면

후회하지 말자

후회로 매 순간 과거를 떠올리며
괴로워하지도 말자

아무리 후회한다고 해도
미래는 달라지지 않을 테니까

미래는 지금 내 모습이 바꿀 수 있을 테니까
나에게 기회를 주자

내가 더 잘 살 수 있는 기회를
앞으로 후회하지 않을 기회를

나를 용서해 주자

그때는 무엇이 옳은 선택인지 몰랐던
그때는 무엇이 좋은 선택인지 몰랐던

지금과 똑같이 인생을 잘 살아 내고 싶었던
단지 지금은 알고 그때는 몰랐던
나를 그만 용서해 주자

자신이 없는 길을 걸어가지 않게
고개를 떨군 채 걸어가지 않게
어깨를 펴지 못한 채 걸어가지 않게

용기를 주자
다시 잘 살아갈 수 있게
다시 희망을 가질 수 있게.

좋은 꿈꿔
고단했던 하루가 잊혀질 만큼

좋은 꿈꿔
현실에서는 당장 만날 수 없어도
꿈꾸고 싶었던 좋은 시간을

좋은 꿈꿔
내일의 긴장과 두려움이 잊혀질 만큼
마음이 편해지는

좋은 꿈꿔
정말 보고 싶었던 사람을 만나게 되는
행복하고 기분 좋은

좋은 꿈꿔
오늘은 행복한 밤이 되길

잘 살아갈 수 있을까

전부라 생각했던 모든 걸 잃고
다시 잘 살아갈 수 있을까

아니 그 사실을 받아들일 수 있을까

전부라고 생각했던 것이 사라지고
세상의 빛이라고 생각했던 모든 불빛이
꺼졌을 때, 그 상황 그 느낌에서
다시 일어설 수 있을까

그랬던 적이 있다.
전부라고 생각했던 것을 잃어버린 경험이
아무것도 잡히지 않으며
아무것도 할 수 없었던
다시 행복한 모습이 상상이 되지 않았던.

하지만 애쓰지 않아도

불은 켜졌다
불빛이 하나씩 켜졌다

힘들면 앞으로 나아가려 하지 말고
이 순간이 지나가기를 기다리기만 하자

기다리기만 해도 좋아질 것이고

지금의 문제에서 나아질 테니까

어느새 꺼졌던 불빛이
하나씩 하나씩 켜져
마음을 환하게 만들어 주고
그리고 언제 그랬냐는 듯
다시 활짝 웃게 될 테니까

넘어지지 않게,
앞으로 나아가려 하지 말고
이 순간이 지나가기를 기다리자.

봄에 기억나?
어떤 봄도 쉽게 오지 않았다는걸
어떤 겨울도 쉽지 않았다는걸
세상에 모든 기다림은 쉽지 않다는걸

하지만 우리는 모두
기다리면서 살아가고
기다림 속에서
더 나은 사람이 되기도 해

기다림의 시간을 만났다고
너무 실망하지 마
기다린 만큼 너에게
더 좋은 봄이 찾아올 거야

너라면 힘든 순간을 잘 떠나보낼 거야

생각해 보면 인생은 방황의 연속
뿌연 안개로 지금은 보이지 않아도
가려진 의미를 찾아가는 것

오늘 어떤 사람이 되고 싶은가요

커튼을 열면 햇살이 들어와 묻는다

당신은 오늘 어떤 사람이 되고 싶은가요

오늘 바다를 보러 간다면
바다를 볼 수 있을 것이다

오늘 사랑하는 이와 시간을 보내면
좋은 추억을 만들 것이다

오늘 하루 종일 잠을 잔다면
피곤함은 사라질 것이고

오늘 바쁘게 일한다면
일을 미루지 않았기 때문에
해야 할 일을 끝낼 수 있을 것이다

오늘 무엇을 하고 싶은가요
오늘 무엇을 할 계획인가요
오늘 어떤 사람이 되고 싶은가요

그렇게 원했던 모습으로 살아 보지만
마음처럼 되지 않기도 하고
예상치 못한 일을 만나기도 한다

그렇게 처음 계획했던 하루와 하루가
다르게 흘러갈 때
나의 하루가 실망스러워진다

그런 당신에게 해가 지고 난 뒤
달이 뜨며 말한다

오늘 어떤 모습이어도
수고했다고 당신 고생 많았다고.

나를 위한 방향

참을 수 있는 슬픔도 있지만
참을 수 없는 슬픔도 있다

견딜 수 있는 힘듦도 있지만
견딜 수 없는 힘듦도 있다

도전하는 것도 용기지만
도망가는 것도 용기가 필요하다

사랑을 시작해야 할 때도 있지만
사랑을 끝내야 할 때도 있다

경험해야 할 때도 있지만
경험할 필요가 없을 때도 있다

마음이 힘들다면
내가 나를 힘들게 하고 있는 것이다

당신이 바뀌고, 바뀌지 않고가
중요한 게 아니라
당신이 어떤 모습으로 바뀌고 싶은지
구체적으로 알아 갈 필요가 있다

방향이 없다면

내게 좋은 게 뭔지 모르고
남들이 좋아하는 게
내가 좋아하는 것이라고만 생각한다면

아무리 바빠도
아무리 많이 변해도
아무리 열심히 살아도
아무리 노력해도
마음이 나아지는 게 없다

나를 위한 인생을 살아야 한다
나를 위한 모습이 되어야 한다.

네 안에
빛나는 것들을 꺼내서 살아

절망에게 절망하지 않는다고 보여 주자

절망은 소리 없이 왔다

절망은 마음을 아프게 하고 무너뜨렸다

절망은 시린 마음을 주었다

절망을 만났지만

우리 절망에게 보여 주자

절망에게 절망하지 않는다는 걸

마음만 먹는다면 절망은 아무것도 아니라고
나는 내 삶을 절대 포기하지 않을 거라고
절망에게 보여 주자

좌절하고 슬퍼할 수는 있겠지만

절망에게 절망하지 않는다고 보여 주자

그렇게 절망에게 지지 말자.

절망을 딛고 일어난 당신이
지난날을 모두 잊고
다시 행복해졌으면 좋겠습니다

좋은 날

누구에게나 좋은 날은 있다

아직 그날이 오지 않았어도
누구에게나 가장 기쁜 날이 있다

꽃들로 가득 찬 길을 걸으며
웃을 수 있는 날
그런 날을 걸어가면 얼마나 기분이 좋을까

누구에게나 그런 날이 있다
아직 행복한 날을 상상하기 어려울 만큼
지금이 힘들어도
누구에게나 그런 날이 있다

당신에게도 분명 그런 날이 있다

그러니 여기서 멈추지 말고
그날을 만나러 가자

나의 인생에서 가장 기쁜 그날을.

반성

시작해야 할 때 시작하지 않은 것

참아야 할 때 참지 않은 것

나의 감정과 마음만 생각한 것

작은 일에 너무 오래 미워한 것

아무것도 하지 않고
생각만으로 시간을 허비한 것

내일이 또 있을 거라는 생각에
오늘의 소중함을 잊은 것.

노력의 방향성

중요한 건 방향이다

중요한 건 꾸준함이다

중요한 건 여유이다

중요한 건 성장이다

중요한 건 잘 모르겠는 문제를 만났을 때
당장 해결하려고 조바심 내지 않는 것이다.

●

이루고 싶은 목표가 있다면
몸과 마음의 컨디션을 잘 유지해야 한다.
아무리 열심히 하고 싶어도
몸이 지치고 마음이 좋지 않으면
아무것도 손에 잡히질 않으니까

몸과 마음을 자주 돌아봐 주어야 한다.

지치지 않게끔
지치면 쉬게끔
돌아봐 주어야 한다.

행복을 느낄 때

날씨가 좋으면 기분이 좋다

사랑하는 사람과 함께 걸으면 기분이 좋다

먹고 싶었던 음식을 먹을 때 기분이 좋다

좋아하는 노래가 흘러나오면 기분이 좋다

운동을 끝내고 난 뒤 기분이 좋다

대화가 즐거운 사람과 얘기하고 난 뒤
기분이 좋다

누군가 나를 인정해 줄 때 기분이 좋다

가고 싶은 곳을 떠나는 길이 기분이 좋다

좋아하는 옷을 고르고 입는 것이
기분이 좋다

작은 일이라도 도움을 줄 수 있어
기분이 좋다

기분이 좋았던 일을 떠올리면 기분이 좋다

다행히 삶에서 지칠 때쯤
내게는 이런 작고 기분 좋은 일들이 일어나
나를 힘 나게 한다

행복은 비교할 수 없다

저마다 각자 다른 추억 속에서
행복을 느끼기에
자신만의 인생이 존재하듯
자신만의 행복이 존재한다.

당장은 이루지 못한 꿈이어도
그 꿈이 누군가를 다시 힘내서 살아가게 해
그래서 꿈은 크기에 상관없이 소중한 거야

예민함으로 가장 아프고
힘든 건 자신이야

익숙한 것에는 마음이 편해져
예민함이 생기지 않지만
익숙하지 않은 것에는 예민함이 생긴다.

확인되지 않는 것
잘 모르겠는 것
확신이 없는 것
그럼 그 순간에 예민해진다.

예민함이 깊어지면
정확한 시야로 판단하기보다는
작은 일도 크게 바라보게 되고
거기에 따른 불필요한 생각과 행동이
섞인다.

때론 상대의 마음에 깊게 공감하며
신중하게 바라보는 예민함이
좋을 때도 있지만

잘 모르겠는 불확실한 상황을 만났을 때
예민해지는 예민함은 싫다.

예민함은 어쩔 수 없이 마음을
날카롭게 만든다.
그래서 예민해질 때는 사람들과
거리가 필요하다.

그리고 원하는 답을 찾지 못했어도
스스로를 너무 날카롭게 바라보면 안 된다.

예민함으로 가장 아프고 힘든 건
자신이니까.

상처에 익숙해지지 마

모든 걸 자신의 잘못으로 돌리고
자신을 바꿔 가면서
다른 사람이 주는 상처에
익숙해지면 안 돼

그럼 상처받는 자신에게
너무 소홀해지게 돼

계속 상처를 참다 보면
상처에 익숙해지고
참는 게 당연해지게 돼

그럼 그때는 상처받는 상황에서
벗어나기 더욱 어려워져

괜찮아질 거라는 생각에 참았지만
점점 더 힘들어져

상처를 벗어나기 위한 선택을 하는
자신의 선택을 믿기 어려워져

그러니 상처에 소홀해지지 않도록
끝까지 네가 너를 상처에서
잘 지켜 줘야 해.

울어도 될 때가 있는 거니까

울어도 되지 않을까

만약 어느 순간에

아무도 너의 힘듦을 몰라준다 해도

너는 따듯한 시선과 마음으로

알아줘도 되지 않을까

하기 싫으면 하지 않아도 되는 거야
너무 많은 이유를 생각하지 마

가까이에 있으면 피곤해지는 사람

말을 기분 나쁘게 하는 사람

사람을 무시하기 좋아하는 사람

편하다고 가까이에 있는 사람을
존중하지 않는 사람

남을 이용하기 좋아하는 사람

주는 건 작은 것도 아까워하면서
받는 건 당연하게 생각하는 사람

생각하지 않고 말하고 행동하는 사람

'나는 원래 이래, 이게 나야'
'너는 이런 나를 이해하겠지'라고
생각하는 사람

그런 사람과 가까이에 있으면
삶이 피곤해진다

신경 쓰지 않아도 될 것을 신경 쓰고
생각하지 않아도 될 것을 생각하게 되기에.

그 사람이 어떤 사람인지
3가지를 보면 알 수 있다

1. 자신이 한 말을 얼마나 지켜 내는가
2. 불평이 얼마나 많은가
3. 많은 시간을 어디에 쓰는가

조용한 사람 곁에 머물면서
많이 배워라
어떠한 방식으로 사람을
대하려 하지 말고
솔직해져라

1. 차라리 아무 말도 하지 않는 게 낫다
2. 가급적 칭찬해라
3. 칭찬할 수 없다면 정확히 문제가 뭔지
말해 줘야 한다
4. 듣지 않는 사람에게는 말할 필요 없다
5. 자신의 이익만 생각하면서 말하는 사람은
말의 설득력도 힘도 없다

이기심

상대방의 마음을 상하게 한 뒤
상대방이 자신의 행동을
이해해 주길 바라는 마음.

기억하면 좋은 5가지

1. 모든 노력은 시간이 지나
반드시 돌아온다.
그것이 노력의 법칙이다.

2. 지금 큰 결심을 하지 않는다면
앞으로 어떤 모습으로도
변할 수 없을지 모른다.

3. 상대방이 어떤 사람인지
내게 어떤 마음인지 잘 모르겠다면
계속 같은 고민을 하며 괴로워하지 말자.
시간이 지나면 저절로 좋은 사람인지
좋지 않은 사람인지 보인다.

4. 시간은 공평하게 흐르기에
나도 도전하며 새로운 것들을 해낼 수 있다.

5. 나의 모든 하루는 소중하다.

잘하는 일을 찾게 될 거야

문득 생각이 들 때가 있다
열심히 살지 않은 건 아닌데

나는 잘하는 게 하나도 없는 것 같고
나는 어디에도 쓸모가 없는 것 같고
나는 그동안 해놓은 게 없는 것 같을 때

이런 생각들로 가득 찰 때
'내가 잘못 살아온 건가'라는
슬럼프에 빠지게 된다

하지만
지금은 지쳐서
슬럼프가 잠시 찾아온 것뿐이다

이 시간이 지나고 나면
다시 힘이 날 거고

221

당신도 분명 자신만의 잘하는 일을 찾게
될 것이다.

나는 어떤 사람일까
생각이 드는 날이 있다
나는 어떤 것을 좋아하는 걸까
나는 어떻게 하고 싶은 걸까
나도 나를 잘 모르겠을 때

살아 내는 게 버거울 때

삶이 지겨워질 때가 있다

살아 내느라 지쳐서
아무것도 위로가 되지 않고
좋았던 것도 싫어지는 날

살아 낸다는 건 어쩌면 매일 하는 일이지만
매일 쉽지 않기에

마음을 쉴 곳을 찾지 못해
마음을 위로받을 곳을 찾지 못해

삶이 지치고 지겨워질 때가 있다

하지만 다행히 삶은
지워지기도 한다

아픈 일은 지워지고
말할 수 없을 만큼 고통스러운 시간도
흐려지고
다시 좋아하는 순간이 찾아오기도 한다

인생은 짧기에 시간이 빠르게 흘러간다

모든 시간을 다 잡을 수도 없고
마음속에 다 가져갈 수도 없다

짧은 인생 속에서
당신이 잡고 싶은 시간을 잡고
더 오래 기억하며 사랑할 수 있기를

지친 날 힘이 나고
아직 지워지지 않은 아픔에
지지 않을 수 있기를

힘든 일은 지워지고
마음속에는 지워지지 않는 행복이
남을 수 있기를.

지금은 어려워도
하나씩 해결해 나가다 보면
나중에는 정말 많은 일을 해내게 될 거야

도전해라

도전해라
가능한 한 많은 힘을 써서

내가 몰랐던 나를 알게 되고
내가 몰랐던 능력을 알게 된다
내가 한계라 생각했던 일에
한계가 없다는 걸 알게 된다

도전해라

도전이 주는 의미는 성공이 아니라
도전하는 동안 만나게 되는 극복에 있다

마음을 먹었다면
게으름을 극복해야 한다

도전을 막는 문제는
모두 게으름에서 시작될 수 있기에

생각에 멈추지 않고,
못할 거라 생각했던 일을
하나씩 극복할수록
삶은 오히려 평온해지고
고요해진다

당신이 흔들리지 않게 되기 때문에.

향기가 배어 있으면
기분이 좋고 달콤해진다

멀리 떨어져도
생각하면 기분 좋은 말
오랫동안 기분 좋게 남는 말은
향기와 닮았다

생각하는 것만으로도
마음이 좋고 달콤해진다

좋은 사람이 무엇일까
고민한 적이 있었다

좋은 사람은
언제나 진심인 사람이다

모든 것에서 도망치고 싶지만
아무것도 도망칠 수 없어
괴로운 하루가 있다

마음이 넘어질 때

아무것도 아닌 순간들에
마음이 넘어질 때가 있다

아무것도 아닌 작은 가시가
오랫동안 신경 쓰이고

아무것도 아닌 작은 돌멩이 하나에
발이 불편할 때가 있다

아무것도 아닌 일들에
마음이 불편할 때가 있다

그 이유는 아무것도 아니며, 웃어넘기려
했던 일들이

사실은 아무것도 아닌 일들이 아니며

웃어넘길 수 없는 일들이었기 때문이다

그럴 때는 작은 가시를 빼야 하고

돌멩이도 빼내야 한다

내가 어떤 것에 마음이 불편하고

계속 신경이 쓰인다면
그건 더 이상 아무것도 아닌 일이 아니고
나에게는 불편함을 주는 큰일이기에

그러니 참지만 말고
그 일 앞에서 계속 웃어넘기지 말고
받아들이지 말자

아무것도 아닌 일이라고

아무것도 아니지 않기에

속상하고 힘들며 에너지를 계속 쓰게 되는
나를 힘들게 하는 일이니까.

거짓말이 떠오르는 순간
눈을 딱 감고 진실을 말해 봐요
그 한 번의 순간으로
앞으로 더 솔직하고 당당하게
살아갈 수 있을 거예요

노력으로 바꿀 수 있는 것

1. 성격
2. 말투
3. 신뢰, 믿음

모든 것에는 이유가 있다
하지만 모든 이유를 알 필요는 없다
내가 할 일에 집중한 뒤
시간이 남는다면
휴식을 갖거나 취미를 가지며
좋은 시간을 보내면 된다
모든 이유를 알 필요는 없다

불필요한 생각은 과감히 버리자
많은 생각은 조급함을 만드니까.
생각하지 않아도 되는 생각을 만들어
내기만 하니까.

●

걱정을 멈추는 방법은
자신을 믿는 거야

때론 막연한 자신에 대한 믿음이
대단한 마음의 힘을 만들어 내

긍정의 마음을 갖게 해

그러니까 걱정이 된다면
지금은 나를 믿어 줘

언제든 그래도 되는 거야.

응원한다

아주 작은 마음이 된 당신을 응원한다

세상과 부딪히기 어렵다고 말하는 당신을
응원한다

상처뿐이라고 말하는 당신을 응원한다

스스로가 스스로를 응원할 수 없을 정도로
더는 좋아지지 않을 거라고 말하는 당신을
응원한다

빨리 괜찮아지기를 응원하지는 않는다
빨리 괜찮아질 일이었다면
그만큼 쉬운 일이라면
당신은 쓰러지지 않았을 테니까

당신이 무사하기를 응원한다

당신이 완전히 무너지지 않고
마음에 작은 버팀목이 남아 있기를

자신을 완전히 놓아 버리지 않고
마음의 작은 힘이 남아 있기를

어떤 말로도 표현할 수 없을 정도의
괴로운 마음속에서
어떤 위로가 당신을 낫게 할까
어떤 위로가 당신을 일으켜 세울까
고민해 보지만
마땅한 말이 떠오르지 않는다

다만 당신이
당신을 다시 응원해 줄 수 있을 때까지,
당신의 편에서 당신을 응원한다.

소중한 것을 잃어버리고 후회할 때가 있어
그때는 몰랐는데 지나고 보니
너무나 소중한 것에 소홀했던 거지.

너는 지금 어떠니?

소중한 것과 소중한 것의 의미를
지키고 있니.

●

서운해하는 상대를 이해시키기 위해
최소한의 노력도 없다면
그 관계가 진심인 관계라 할 수 있을까.

이해가 없는 관계가 어떤 관계로 발전할까.
결국은 서로가 서로를 이해할 수 없는
관계로 남지 않을까.

사랑할 때

사랑하는 사람의 행복이 자신의 행복이
된다고 느끼는 순간
당신은 그 사람을 정말로 사랑하는 것이다

사랑하는 사람의 작은 것까지 바라보게
되고 작은 것까지 기억하게 된다

사랑은 무지개와 닮았다
매일 보는 모습이라도 매일 똑같지 않다
매일 다른 색깔로 예뻐 보이고 신비롭다
사랑하는 동안 일곱 가지 예쁜 색으로
마음이 칠해진다.

힘들면 얘기해
해결해 줄 수 없어도
끝까지 들어 줄 수는 있어

네가 힘든 만큼 공감할 수 있을지
모르지만 끝까지 들어 줄 수 있어

네가 원하는 말을
해줄 수 없을지 모르지만
끝까지 들어 줄 수 있어

그러니 힘들면 언제든 얘기해
혼자란 생각이 들지 않게

힘들 때 언제든 얘기해

문장 하나가 가슴에 오래 남을 때가 있다
그런 문장 같은 삶을 살고 싶다
누군가의 가슴에 오래 남는
사람이 되고 싶다

너와 함께 있는 시간이 좋았다

그냥 그 시간이 좋았다
너와 함께 있는 시간이 좋았다

너와 함께 있으면
더 많이 웃을 수 있고
불안함은 잠재워졌다

거친 날들을 달려오느라
날카로워진 마음을
포근하게 감싸는 느낌이 들었다

너와 있지 못한 날도
너를 생각하며 좋았고

너를 만나고 난 뒤에는
지금 내 모습이
내 발걸음이 더 좋았다.

고마워요

한 번도 고맙다 생각한 적 없었는데

고마운 것이었어요

고마워요

사람은 자신이 좋아하는 사람을 닮는다

보고 있으면 마음이 놓이고 행복해진다

좋아하는 커피에

좋아하는 풍경을 보고 있으면
마음이 편안해진다

여유가 찾아오고 웃음이 찾아온다

기분이 좋아지고 걱정을 잊게 된다

좋은 풍경을 만나는 건
좋은 사람을 만나는 것과 같다

보고 있으면 마음이 놓이고 행복해진다.

진짜 좋은 건 시간이 지나도 좋다

우리에게 필요한 지혜

다른 사람이 나에게 질문하지 않는다면
참견하거나 방해하지 않는 것

잘 모르는 말은 가급적 하지 않는 것
잘 모르는 말을 아낄수록 신뢰가 쌓이기에

매일 조금씩 꾸준히 할 일이 있는 것
나의 삶을 누군가 책임져 주길
바라지 않는 것

자신의 말을 되돌아보고 감동으로 남는
말을 할 수 있는 사람이 되는 것

마음이 굳어 버리지 않게
때론 다양한 사람들과 대화를 나누는 것

누구의 인생도 동정하지 않는 것
살아온 그 자체로 인정하고 바라보며
사랑하는 것

노력 없이 욕심부리는 습관을 버리는 것

진심으로 축하해 주는 사람이 되고
진심으로 슬퍼해 주는 사람이 되는 것

지혜롭지 못했던 자신을
인정할 수도 있는 것.

지금보다 아프지 않은 날을 상상해요

매일 행복할 수는 없어요
인생이 그래요

울고 웃었던 슬프고 힘들었던
날들의 연속이에요

그렇지만 지금 어느 날을 만났든
너무 낙담하지 마세요

앞으로 당신의 인생은 아직 많이 남았고
그만큼 좋은 날들도 많이 기다리고 있을
거예요

지금보다 아프지 않은 날을 상상해요.

에필로그

지금까지 운이 좋게 여러 권의 책을 쓸 수 있었다.

모두 그때의 가장 하고 싶은 말이었고
지나온 내가 듣고 싶었던 말들이었다.

오랫동안 쓰는 것에 힘듦은 있었지만
내게는 글 쓰는 일이 천직이라 할 만큼
좋아하는 일이고 그 시간이 행복했고 마음이 편했다.

하지만 이번 책을 쓰면서 가장 힘든 시간을 만나게 되었다.

기존에 썼던 글과는 달리
어떤 의미만을 말하는 것이 아니라
읽는 동안 감정을 전달하고 싶었다.
그러기 위해서는 쓰는 동안 같은 감정이 되어야 했다.
힘듦에 대한 글을 쓸 때는 힘든 감정을 느꼈고
상처에 대한 글을 쓸 때는 상처에 대한 감정을 느끼며
쓰는 동안 같은 감정이 되기 위해 노력했다.

하지만 시간이 갈수록 원고는 채워지지 않았다.
감정을 전달한다는 건 생각보다 훨씬 어렵고 힘들었다.
감정은 깊어지고 써지지 않는 시간이 길어질수록
말할 수 없을 만큼 큰 압박을 받았다.
원고 기간은 9개월 정도 이어졌고 4개월 정도는 아무도
만나지 않았다.
글이 써지지 않을 때는 하루 종일 걷기도 하고
생각의 생각에 또 생각에 지쳐 잠든 날도 많았다.
그렇게 전혀 진척이 없는 흰 종이를 보다 보면
점점 나를 의심하게 되었다.

과연 이 책의 끝을 쓸 수 있을까
끝이 있을까
'새로워지는 건, 조금 더 나아지는 건
이렇게나 어려운 일이구나' 하는 생각이 새삼 다시 들었다.
책상에 앉아 매일 글을 썼다.
영감을 얻기 위해 감정을 느끼기 위해
지나온 수많은 감정과 생각을 불러와 받아들이고
문장을 고민했다.

계속해서 끝나지 않을 것 같은 시간이 반복됐다.

그러다 어느새 아주 조금씩 문장이 다듬어지고
조금씩 내 안에 있는 것들을 꺼내 적을 수 있었고
새로운 것들이 만들어졌다.

그렇게 쉽지 않은 겨울이 지나가고
한 문장 한 문장 모여 한 권의 책이 써졌다.

힘든 시간을 보내고 있는 스스로에게
힘든 시간을 계속해서 혼자 나아갈 수 있는 위로를 적었고
그 글들이 나에게도 큰 위로가 되었다.
홀로 힘든 시간을 가고 있는 누군가에게
나의 감정과 진심이 잘 전달되면 좋겠다.

누군가의 마음에 한 문장이라도 위로가 되어
깊게 남기를 진심으로 소망한다.

날씨가 많이 따뜻해졌다.
두꺼운 옷을 내려놓고
가벼운 옷을 입고
걷기에 좋은 날씨다.

무거웠던 모든 건 지난 계절에 두고
가볍게 봄을 맞자.

가볍게 오늘 하루를 걸어 나가자.

모든 날에 모든 순간에 위로를 보낸다

초판 18쇄 인쇄 2024년 1월 10일
초판 1쇄 발행 2021년 4월 7일

지은이   글배우
펴낸이   김동혁
펴낸곳   강한별 출판사

책임편집 김경은
디자인   방하림
기획팀   안서령

출판등록 2019년 8월 19일 제406-2019-000089호
주소 경기도 파주시 탄현면 헤이리마을길 21-7 3층
대표전화 010-7566-1768 팩스 031-8048-4817
이메일 wjddud0987@naver.com

ISBN 979-11-967977-9-9 (03810)